PEDRO BLOCH

Coleção Cotidiano

Coração do lado esquerdo

ecologia do sentimento

Editora do Brasil

Dados Internacionais de Catalogação na Publicação (CIP)
(Câmara Brasileira do Livro, SP, Brasil)

Bloch, Pedro, 1914 –
  Coração do lado esquerdo: ecologia do sentimento / Pedro Bloch ; [ilustrações Sérgio Guilherme Filho] . — São Paulo : Editora do Brasil, 1999. — (Coleção Cotidiano)

  ISBN 978-85-10-04467-7

  1. Literatura infantojuvenil I. Guilherme Filho, Sérgio. II. Título. III. Série.

99-1398   CDD-028.5

Índices para catálogo sistemático:
1. Literatura infantil   028.5
2. Literatura infantojuvenil   028.5

COPYRIGHT 1999:
Pedro Bloch
© Editora do Brasil

Direção-geral
Vicente Tortamano Avanso

Coordenação de Edição, Preparação e Revisão de Textos
Cleusa de Souza Quadros

Preparação de Textos
Francisca Edilania B. Rodrigues

Revisão de Textos
Nagib Zahr, Uilson Martins e Gustavo Aragão Cardoso

Coordenação de Editoração Eletrônica
João Carlos Reiners Terron e Ricardo Borges da Silva

Projeto Gráfico
AGA Estúdio

Editoração Eletrônica
AGA Estúdio

Ilustrações
AGA Estúdio/Sérgio Guilherme Filho

Pré-impressão
Abdonildo, Daniel Cilli, José Hailton Santos, Raphael Barichello Conceição

1ª edição / 16ª impressão, 2023
Impresso na Gráfica Plena Print

Editora do Brasil

Rua Conselheiro Nébias, 887
São Paulo, SP – CEP: 01203-001
Fone: +55 11 3226-0211
www.editoradobrasil.com.br

— Olha lá, pai! — exclama Diana, vendo aquele pobre homem estendido na calçada.

Leo para para olhar. Já está acostumado àquela cena!

— É isso aí, meu amor. A vida não é feita só de sonhos e de histórias de fadas e príncipes. Esta é uma realidade que você tem de conhecer.

— Tá, pai. E o que é que a *gente vamos** fazer?

— A gente vai — corrige o pai.

— Tudo bem. E o que é que *nós vai*** fazer? — brinca a menina.

Leo tosse, puxa um pigarro e funga. Olha o homem caído e diz para a filha:

— Nada, meu bem.

— Nada? — se alarma a garota.

— Cada um com seu problema. Isso aí é problema do governo, compreende?

— Sim! — ela compreende.

— Então a coisa é simples: vamos chamar o governo?

* forma correta: a gente vai.
** forma correta: nós vamos.

— Não, querida. Daqui a pouco passa alguém e telefona para a assistência. Leva o homem e...

Diana não se conforma:

— E por que é que esse "alguém" não é você, pai?

Ele justifica:

— Nós não estamos indo para o dentista?

— Estamos. Mas todo mundo também está indo pra algum lugar, não é?

— Você não vai aplicar flúor nos dentes?

— Sim, pai. Vou aplicar *flor** nos dentes.

— Então não há tempo.

— É, né?

— É. Cada um cuida de sua vida.

Diana não entendeu:

— A tia, lá na escola, disse que a gente deve ajudar os animais. Proteger.

— Também acho.

Ela dá um tempo e diz:

— Gente não é animal?

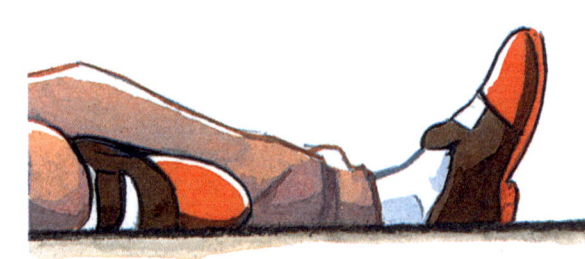

* forma correta: flúor.

Leo vai encerrar o assunto, sem saber como, mas é salvo pelo gongo, porque aparece, logo, um senhor muito bem vestido, com um bigode muito bem-cuidado e dá uma parada, comentando:

— Cachaça! É o que eu digo! Esses bêbados envergonham nossa civilização. Vejam quantos turistas olhando esta cena deplorável.

E ainda indignado:

— O que é que eles vão dizer de nós, lá fora?

— Ele não parece bêbado — se atreve Leo.

O outro ri, mascando um charuto fedorento:

— Que mais poderia ser? Não é charada, nem palavra cruzada. Um homem forte desses, saudável e caído, a estas horas, no meio da rua, só pode ser um beberrão. Birita. Pinga.

— Capaz de ter tido uma crise — se intromete um terceiro, todo vestido de branco.

— Só se for de pouca vergonha!

— Crise? Não tem cara disso — observa uma senhora, colocando os óculos de ver longe.

— Crise de epilepsia — explica o homem de branco, quase cuspindo a palavra. — Talvez já tenha passado e ele, agora, vai ficar dormindo ou meio adormecido, até acordar. E não vai se lembrar de nada.

— Nós é que vamos lembrar, né? — diz um camelô. — Ocupou justo o meu ponto, na hora de armar a banca.

— Quem sabe talvez tenha sido assaltado? — sugere um rapaz, que leva café em uma garrafa térmica, para um escritório da vizinhança.

— Não tem marca de pancada nem nada — diz o homem da loja de frente, que veio ver o que tinha acontecido. — Vai é espantar minha freguesia.

Diana está indócil. Não pode compreender tanto papo-furado e solta:

— Não era melhor chamar um guarda ou a assistência?

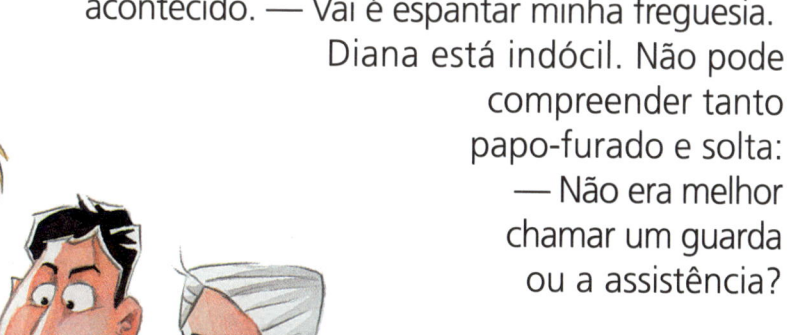

— Falou! — aprova com entusiasmo o jornaleiro da esquina, que também veio ver o que estava acontecendo. — É uma boa!

Leo, porém, é contra:

— Se cada um assumir a obrigação das autoridades, daí a pouco, nós é que resolveremos os problemas do país.

— Mas, enquanto as autoridades não solucionam, o que faremos com esse homem? — diz o sorveteiro da carrocinha.

Daí a pouco a conversa se dissolve e as pessoas vão saindo, de fininho. Leo se prepara para fazer o mesmo, quando Diana finca o pé:

— A tia disse que, quando a gente vê um amigo em dificuldade, tem mais é que ajudar.

Leo começa a ficar impaciente:

— Ele é seu amigo?

— Ainda não é.

— Ele é da sua família? — pergunta o pai.

— Todo mundo é da minha família. Foi a tia quem explicou. Somos *todos irmão**.

— Irmãos — retifica o pai.

— Pois é.

Leo não sabe mais o que fazer com a miudinha:

— Você bem que podia deixar o nosso "irmão" aí, por conta dos outros, e lembrar da hora no dentista. Gente caída no chão tem em todo canto. Se ele não estivesse bem vestido, ninguém dava a menor bola.

Ela não é fácil:

— Eu dava. Quer saber? Telefona pro dentista e marca outra hora.

Leo começa a se irritar:

— Ah, é? Eu perco a hora do "meu" trabalho e você a do "seu" dentista só porque um vigarista está aí dando uma de gaiato?

— Ele pode estar até morrendo, né, pai?

— Está nada!

— Pode estar até com aquele ataque que você já teve. O tal de *farte***.

— Enfarte.

— Isso.

— Então alguém já devia ter chamado a assistência — explode Leo. — É uma turma de desalmados. Veja só há quanto tempo o pobre do homem está aí e ninguém, mas ninguém!, pensou em chamar uma ambulância. Por essas e por outras é que...

---

* forma correta: todos irmãos (pl.).
** forma correta: enfarte.

Diana não tem porém:

— O senhor também não chamou.

Leo resolve ficar seriamente zangado:

— E eu tenho telefone, menina? Tenho? O homem daquela loja imensa deve ter uns dez, telefonista de mesa e tudo. Já deve ou devia ter chamado.

— Será? — começa a duvidar Diana.

O pai já está subindo pelas paredes:

— Você, hoje, escolheu o dia pra me atazanar, hem, menina? Me escalou mesmo.

— Pai.

— Sim?

— O que é "atazanar"?

— Atazanar é encher, aborrecer, chatear, amolar, irritar... Vamos embora.

— Primeiro eu quero ver chegar a ambulância. A tia falou que...

— Mande essa sua supertia resolver todos os problemas do mundo! — explode Leo. — Onde já se viu? Se a sua tia é tão formidável, fabulosa, genial, chame-a e ela resolve tudo, tá?

— Pai.

— O que é?

— Você podia ir à delegacia e...

— Eu?! Eu ficar me envolvendo com esses casos de rua? Daí a pouco me pegam pra testemunha ou coisa assim, e eu, que não tenho tempo nem pra mim, perco meu dia, se é que já não perdi.

— Tá.

Leo tenta mais uma vez:

— Vamos, meu amor?

— Olha! Ele está se mexendo! Viu só?

— Conheço a peça — comenta uma velha senhora, rabugenta, que estava passando. — Eles ficam aí, estendidos, no bem-bom, pra ver se a gente joga um dinheirinho e quem for trouxa que dê.

Não deu outra. Um homem gordo ia passando e para limpar a consciência jogou uma nota, dessas que são recolhidas e que não dão nem para uma gota de café, e foi rezar, tentando enganar a Deus. Não podia perder a missa das dez. Adorava os sermões do padre Anísio. Diz que tem um coração de "pomba sem fel".

Após alguns instantes passa um carro de patrulha.

— É agora! — grita o garoto do café, que já vinha de volta.

Um dos policiais olhou a cara do outro, se entreolharam bem e levantaram os ombros com indiferença, como que amolados com aquela cena a que estavam mais do que habituados.

— Não vão tomar nenhuma *providença**? — pergunta um pivete, que aproveita a viagem, o movimento, para afanar a carteira da bolsa de uma empregada que usa *jeans*.

— Já te dou a providência, moleque — fala um dos policiais. — Não estão vendo que o homem está bêbado de cair?

— Caído ele já está — comenta um gari. — Cai fora, garoto!

— Não grita comigo que eu "sou de menor"! — zomba o pequeno.

A paciência de Leo, a esta altura, já era.

— Diana, agora a gente vai, não é?

* forma correta: providência

— Pra onde, pai? A hora do dentista dançou.

— E o meu trabalho? Você pensa que o dinheiro da tua escola cai do céu?

— Não, pai. O que cai do céu é chuva e balão.

— Você está debochando de seu pai, menina?

— Tô nada, pai. Tô só falando.

E joga uma pergunta em cima, para esfriar o caldo:

— Pai, chuva é milagre?

— Que bobagem é essa, menina? A professora já não explicou que a água evapora e... O mar evapora... Forma nuvens e, depois, aquilo vira chuva?

— Então é milagre mesmo, já pensou? Água do mar fazendo nuvens. Não é lindo, pai?

— Tudo bem. Agora eu levo você pra escola ou pra casa?

— Mamãe saiu, não lembra? E hoje não tem aula, esqueceu?

— Feriado?

— Reunião de professores.

O pobre homem continuava caído. Um folgado, que não era médico nem enfermeiro, nem coisa alguma, só para fazer média com o público, resolveu se agachar e pegar no pulso do infeliz. Pôs uma cara muito séria e decretou:

— Tá fraco.

— O senhor é médico? — pergunta um boboca qualquer.

O outro sorri, idiotamente:

— Como se fosse. *Aleiás** (dizia *aleiás*), pulso qualquer um sabe pegar.

E doutoral:

— O normal é sessenta batidas por minuto.

— Setenta, eu acho — corrige outro.

— Sessenta! — teima o cara. — Uma batida por segundo é o legal.

O homem se levanta e fica olhando a vítima. Sai dali apressado, todos crentes que vai tomar providências urgentes.

E tomou. Tomou o ônibus.

Uma senhora muito piedosa resolve rezar um terço. Outro surgiu, não se sabe de onde, com uma vela.

— Que é isso, bicho? O homem tá vivo.

— Pensei que... — o homem da vela fica desnorteado.

— Pois pensando morreu um canário-belga! — zombou um baixotinho.

— Não foi um burro? — pergunta, tolamente, o outro.

— Ou isso! — ri o da piada. — Pensar muito dá meningite.

Foi aí que surgiu um cara chamado "Zuza". Chamado, não, apelidado.

— *Desafasta** todo mundo. Todo mundo pra trás. Não tão vendo que o "defunto" aqui não pode nem respirar? Desafasta, pombas!

E o pessoal todo se afasta*.

— Ainda que mal lhe pergunte — indaga um homem — o senhor é *otoridade***?

O homem do desafasta olha para o que perguntou com o maior desprezo.

— Depende do que o senhor acha que é uma autoridade.

Todos ficaram na expectativa do que ia acontecer. O homem parecia entender do riscado. O Zuza era fogo. Como é que eu sei que o nome dele era Zuza? O nome estava no blusão dele. Blusão azul com letras amarelas. Entregador de compras de supermercado, aposto.

* forma correta: afasta.
** forma correta: autoridade.

— Alguém já chamou a polícia? — quis saber.

— Não.

— Viram a identidade do homem?

— Ninguém quis mexer.

— Certo. Fizeram "muito que bem". Antes de chegar a polícia ninguém mexe em nada. Mas em nada, mesmo! Nem nessa guimba de cigarro. O local do crime...

— Que crime? — se apavora o homem da banca.

— Ninguém mexe em nada — repete o Zuza. — Tudo pode servir de prova.

— Prova de quê? — pergunta o curioso da banca. — Não houve crime nenhum, esse cara...

Zuza ri à toa:

— Tão vendo o que é a *inguinorança**? A inguinorança mata mais do que espinhela caída. Não sabe nem por que o homem está estendido, aí, e já vem dizendo que não teve crime nenhum. Dá pra desconfiar, quer saber? Dá pra desconfiar. Eu se fosse da polícia... o senhor era, pra mim, o maior suspeito.

Zuza então tira o bonezinho, que combina com o blusão, e vai passando:

— Quem vai colaborar com o enterro? Quem vai perder o amor a uma verdinha em benefício de uma pobre viúva com quatro filhos?

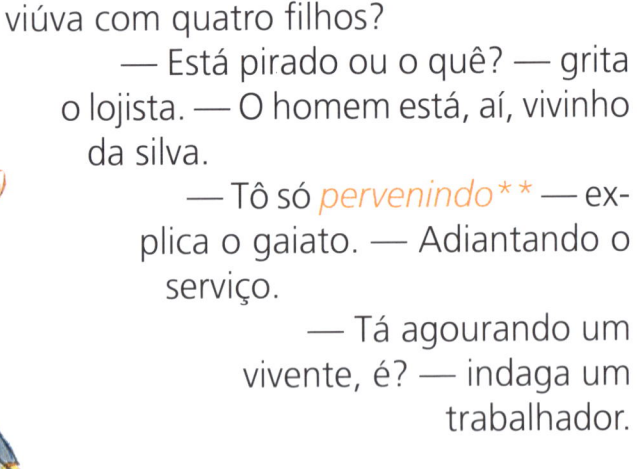

— Está pirado ou o quê? — grita o lojista. — O homem está, aí, vivinho da silva.

— Tô só *pervenindo*** — explica o gaiato. — Adiantando o serviço.

— Tá agourando um vivente, é? — indaga um trabalhador.

— Está vivo? — insiste Zuza. — Tudo bem. Quem prova?

Leo, que estivera meio calado e casmurro, faz sinal para os outros de que o homem pode estar mesmo meio pirado.

A essa altura os dois homens já se engalfinhavam numa briga, sem mais tamanho, porque um chamou o outro de imbecil.

A mesma patrulha, que não quer saber nada do homem estendido no chão, manda vir um camburão e recolhe os brigões.

— Ordem! Ordem! — grita um patrulheiro. — Não quero bagunça. Comunista aproveita logo pra fazer agitação. Comigo não!

A essa altura do campeonato todos já tinham se esquecido do homem esparramado na calçada.

Os carros se foram, alguns curiosos se dispersaram, mas nova procissão se formava, porque o ponto do ônibus era logo ali perto.

Do segundo andar de um prédio, uma moça, que não é a tal que pensava que "a banda tocava para ela", grita:

— É bicho? Deu avestruz?

— Deu dragão! — berra um engraçadinho.

Um camelô resolve vender o "santinho da sorte".

— Olhe o santinho da sorte! Quem quer casar? Quem quer enricar? Quem quer ver a sogra longe de casa?

Na onda vem o vendedor de bilhetes com o milhar da cobra.

— Olha o santinho que *portege** contra ficar caído na rua!

---

* forma correta: protege (do verbo proteger).

Uma menina de *short* e pernas provocantes está distribuindo cartão de cartomante. É "Zilda", a famosa, a falada Zilda, que lê sorte, lê azar, adivinha passado, presente e futuro, o falado e o pensado.

Um garoto mirradinho distribui cartões anunciando compra de ouro, com calendário de ano-novo no verso.

Um alto-falante berra:

— Garanta sua saúde inscrevendo-se no plano G do "Hospital da Montanha". Não tem carência.

Para não mentir, devo dizer que uma alma piedosa apareceu e colocou uma espécie de almofada debaixo da cabeça do homem.

— Ninguém mexe, ninguém remove! — avisa um cara sardento. — Fratura de crânio, só se pode remover na *ténica**. Vi na televisão que muita gente morre porque é removida na marra.

— Cala a boca, palhaço! — diz um menino, em falsete.

— Te quebro a cara! — ameaça o homem. — Folgado duma figa!

— Você quebra a cara o "caramba"! — ainda provoca o pixote.

E, diante do homem que avança fulo, sai em disparada.

— Alguém já telefonou pro hospital Miguel Couto? — indaga uma velhinha com um xale xadrez.

— Devem de ter — opina um careca. — Só o tempo que ele está aí, dava pra chamar até disco voador.

— Você acredita? — estranha o jornaleiro.

— Não só acredito, mas vi.

Pra quê? O disco voador, o E.T., os "encontros de seres de outros planetas", tudo isso passou a ser assunto novo.

Diana está que não se aguenta mais:

— Isto lá é hora de falar nessa besteira de disco voador?!

— Não esquenta, menina — aconselha alguém. — Você está preocupada com aquele homem, é?

— Lógico!

— Nada é lógico neste mundo. Tem lógica a gente estar aqui parado, de braços cruzados, discutindo futebol e disco? É. Por outro lado... é. É que, pra mim, ele está é com um ataque desses nervosos. É só faniquito, coisa de solteirona.

— "Lipotimia" é o nome — diz um cara que está no ponto, esperando o 413.

— É só frescura — liquida um garçom, que está levando uma "quentinha" para o 919.

— Quer apostar como não é? — rebate o outro. — Aposto dez paus.

O garçom não quer papo:

— Só aposto de "cinquentinha" pra cima.

— Pra cima não tem — ri o apostador.

— Tem sim!

— Vai apostar ou vai "amarelar"?

— Apostar como, cara? Tenho que entregar a quentinha, senão ela esfria e eu entro numa gelada.

— Eu também não posso apostar — diz um magrinho —, porque daqui a pouco chega o meu ônibus e eu me mando.

Um homem, de bengala, capengando muito, olha a cena e sacode a cabeça. Curioso é que sacode a cabeça em sim, em vez de não.

— Tão vendo como é a assistência médica? O homem tá aí, morrendo, faz horas e cadê a ambulância? — comenta uma paraplégica que vende canetas em cadeira de rodas, simpatia do bairro. — Me compra uma caneta moço? É só cinquinho.

— É de ouro? — brinca o jornaleiro.

— Piada boba — reage a vendedora. — Admira o senhor, seu Francesco!

Naquela hora se ouve umas sirenes esquisitas.

— Tá chegando! — berra alguém.

— Que nada, palhaço! Isto é carro de bombeiro. Incêndio.

De fato. Três carros, um atrás do outro, passam, abrindo caminho pelo tráfego "*complicadésimo**", inventando estrada.

— Não é melhor ele cheirar amônia? — lembra uma freira.

— Uma boa, irmã! — diz o sorveteiro. — Deus falou pela sua boca.

Só que ninguém se mexe.

— Cafezinho? — oferece um vendedor. — É copinho de papel. Higiene superlegal. Evita Aids.

Alguns vão nessa.

— Com direito a papel pra fazer a quina — anuncia o "cafezeiro".

— Só que em copinho ninguém pega Aids — garante um sabido.

Garanto que vocês estão pensando que esquecemos a Diana, não é? Nada! A menina continua numa aflição incrível.

— Papai, me leva até aquela loja?

— Se é para comprar bicicleta, só no Natal.

— Não. É pra telefonar.

A menina pega o cartão que o pai recebeu do comprador de ouro e que tem no verso os telefones de urgência. Entra na loja para telefonar.

— Que é isso, menina? Aqui não é a casa da sogra! Tem orelhão logo ali. Compre ficha no jornaleiro. Que folga!

— Obrigada! — diz a pequena, quase com ódio.

— "Amor aos animais", hem?

Afinal consegue a ficha e vai ligar do orelhão, que também tinha uma fila que eu vou te contar!

— Aqui é da Avenida Copacabana, quase esquina com a Bolivar. Alguém já telefonou pedindo uma ambulância pra cá?

— Não, menina. Negativo. Esta é a primeira chamada.

E com suspeita:

— Não é trote, é?

— Deus me livre! Pecaaado!

— Parece mentira, mas tem gente que dá trote até pro bombeiro.

— O senhor manda?

— Precisamos confirmar, meu bem. Qual é o telefone daí?

— Tô falando do orelhão.

— Piorou muito, minha filha! Precisamos confirmar.

Diana desligou. Então o que a tia diz na escola não é exatamente o que acontece na vida. Nem todos os homens são irmãos. Ou por outra, pode até ser que sejam, mas precisa confirmar.

As pessoas vão se dispersando. Cada qual vai tratar da vida.

Quando todos já haviam ido e só estavam, praticamente, Diana, Leo e os que por ali trabalhavam, acontece algo de espantoso.

O homem caído se levanta, lépido e fagueiro, diante dos olhos assombrados da menina e de todos os demais, e sai correndo em direção a um carro em cuja porta está o nome de um famoso jornal do Rio.

— O senhor tá melhor? — grita jubilosa a garota.

— Não tenho nada, meu amor. Sou jornalista. Nestor é o meu nome. E o seu?

— Diana.

— Lindo! Está vendo, Diana? As pessoas, hoje em dia, passam e ninguém toma a menor providência para socorrer um homem caído na calçada. É o fim do mundo! Olhe. Mande o papai ler, amanhã, a reportagem do jornal, tá?

E entra no carro, que sai em disparada.

— É isso — faz o pai. — Uma vergonha!

— O quê?

— Ninguém tomou a menor providência.

— Nem você, pai! — diz ela, com a censura nos olhos e na voz. — Ele podia estar morrendo, não podia?

Leo quer aliviar sua barra.

— Eu vi logo que era fita.

— Viu como, pai? — sofre a menina. — Podia ter morrido...

— Podia, mas não morreu. Morreu?

— A tia bem que falou, pai. A gente só deve pensar com a cabeça da gente e sentir com o coração da gente. Uma coisa me deixa feliz: EU... chamei a ambulância.

— Feliz, é? E a ambulância, em vez de socorrer alguém necessitado de verdade, vai chegar e saber que houve uma palhaçada.

— Palhaçada, não, pai! Eu só queria ver o que você iria fazer se fosse eu que estivesse caída ali.

Leo engasga. Bem que podia dormir sem aquela, né? Tosse, funga e raspa a garganta. Tenta explicar:

— Filhota. Meu amor! Você precisa compreender que o mundo é grande, que há muita miséria, muita desgraça, muita violência, muita fome. Você é uma "pequetitinha" doce, minha filhinha do coração, e não pode estar querendo salvar, sozinha, a Humanidade. Pode?

Diana olha o pai, analisa a situação e as palavras (só os tolos é que pensam que criança não pensa) e diz com a maior tristeza:

— Não, pai. Não posso salvar a Humanidade. Mas, pelo menos...

Dá um tempo:

— ... pelo menos posso ser gente, né, pai? Gente!

— Pode, né? Pois com essa mania de ser gente, você perdeu o dentista, eu perdi meu dia, todo mundo bancou palhaço e o cara estava numa simples gozação. Viu quanta coisa se perdeu?

— Não, pai — diz a garota, subitamente, muito tranquila. — Eu, pelo menos, não perdi nada. Você acha, pai, que eu ia poder dormir, se não tivesse chamado a ambulância?

— Ora, menina! Tudo bem. Mas daqui a pouco você vai se meter com a fome das crianças da África.

Leo, quase cai duro, quando ouve a filha dizer:

— Já me meti, pai.

— Se meteu ... como?!

— Tô com uma lista aqui. Olha só. Já tô com mais de três mil assinaturas.

E com a carinha mais inocente do mundo:

— Você vai assinar quando?

— EU!? — desnorteia Leo.

— Você, sim, pai.

E fulmina:

— Seu coração fica de que lado?